KB261710

물은 제 길을 간다

황규관 시집

갈무리

2000

마이노리티시선 6

물은 제 길을 간다

초판인쇄 / 2000년 9월 25일
초판발행 / 2000년 9월 29일

지은이 / 황규관
펴낸이 / 장민성
펴낸곳 / 도서출판 **갈무리**
등록번호 / 제17-161호
등록일자 / 1994. 3. 3.

서울 서초구 방배동 448-19호 1층
전화 / 02-598-4498
팩스 / 02-597-6846

web page   http://galmuri.co.kr
e-mail   galmuri@galmuri.co.kr

ISBN   89-86114-31-3   04810
        89-86114-26-7   (세트)

★ 잘못 만들어진 책은 바꾸어 드립니다.

이 시집에 수록된 시들은 한국문화예술진흥원의 문예진흥기금을 받아 창작되었음.

차 례

제1부

제2부

제4부

제1부

내가 세운 뜻

나이 서른을 몇 년 넘기고서야 뜻 하나 세운다
뭐 그리 큰 뜻은 아니고
인적도 드문 벌판 한가운데
나무 한그루로 서는 것이
이제사 슬며시 바래보는 소망이다
저 울울창창한 산자락의 숲이
얼마나 보기 좋으냐, 하지만
아무래도 내 자리는
가끔 지나는 새가 한번씩 앉아 쉬고
그늘이라고 해야 듬성듬성 뙤약볕 내리쬐는
못난 그림자 한 뼘 있으면
좋겠다는, 뜻 하나 세운다
정말 아무래도 그 모습이 내 본모습인 것 같아
나도 가슴이 서늘해지지만
부는 바람에 다른 세상 소식 귀동냥하고
새의 낯빛으로
내 벗들 근황 읽어내면 그만이지

나이 서른을 몇 년 넘기고서야
뜻이라고 세워본다
혼자 묻고 혼자 답하고
내 잎에게
땅 속 벌레 애기 전해주는 뜻,
이제사 슬며시 세워본다

눈 쌓인 벌판

아마 저 눈 쌓인 벌판이
사랑의 본래 모습인지도 모르겠다
지금껏 몇 명의 여자를 마음에 품어보고
세상일에 혼자 아파 보기도 했지만,
나를 깨뜨리고 말해보자
정말 저 눈 쌓인 벌판 같은 마음이었나
간밤에 아무 기척도 없이 세상을 다 덮고
누구라도 첫 발자국을 남기라는 마음으로
살아본 적 있었나
눈 쌓인 벌판은
햇볕 들면 천천히 녹아
발자국과 함께 진창이 되겠다 한다
오, 언어도 없는 백지여
내게 사랑을 해봤느냐고 묻지도 않고
내 영혼의 복판에 벼락을 때리는구나
눈 쌓인 벌판을 오래 바라보면
내 안에 쌓인 누더기들을 다 지워버리고

귀머거리 벙어리가 되라 한다
한 마디 말도 버리고 아무 기척도 없이

불소리

잘 마른 나무를 태우는 불소리를 듣고 있으면
누군가 꼭 곁에 있는 것 같다
무릎에 턱 괴고 앉아 있던 마음도
가부좌를 틀게 한다
이 불소리는 기억 저편이나
이미 지나가버린 시간을 역류해
누구를 불러오는 걸까
아무 통증도 없이 영혼은 점점 비어지고
그 안에서 불이 활활 타오른다
이 깨끗한 불꽃을 위해
서른 세 해가 다 타고도
그래도 습기가 남은 걸까
마당에 혼자 선 목련 가지가 바람에 울어
문 열고 내다보았더니
불길은 어느새 사그라지고
다시 매캐한 연기가 났다

태풍 속에서

이 바람은 내가 불게 한 것이다
다 자란 고추대가 꺾여지고
수돗가 양은대야가 문밖 고샅으로 버려진 것도
여태껏 내 마음속에 사는 사나운 짐승을
밖으로 내보내지 않은 탓이다
참회는, 영혼이 다 부서진 뒤에나 가능한 것인가
나는 도무지 이 억센 비바람 속에서
나아갈 길을 잃어버렸다
머나 먼 남태평양 난바다를 들끓게 하여
수천미터 두께의 먹구름을 만들게 한 것도 원통한데
이 비바람은 어찌 나를 관통하지 않고
다만 혼자 울게 하는 것인가
이 바람은 내 마음속에서 부는 것이다
꺾여지고 버려진 또 다른 나의 生이여
이 끔찍한 날에
내 마음이 이리 광포한 것을 이제야 알았다
널 죽이고, 네 生을 다 어질러놓고 나서

폭포

물이 비명을 지른다

곤두박질이 두려워서가 아니다
먼바다로 가는 길에
꼭 맞아야 할 제 운명에
물이 소리를 지른다
공포에 질린 괴성이 아니라
온몸을 던져 저를 부수는 파열음이다
숲도 그 소리에
한결 더 푸르러진다
떨어져야 하는 운명 없이
누구도 빛나는 바다에 다다르지 못한다는 걸
물은 아는 것이다
물은 제 비명에 담긴
운명에 대한 남김 없는 사랑을
쉴새없이 내지른다

날벌레 한 마리까지 비추는 마음도
자신에 대한 아득한 사랑부터라고

까마귀떼 대신

　요즘은 다들 어디로 갔는지 알 수는 없으나 얼마 전까지 까마귀떼가 상수리나무 숲에 까맣게 앉아 있었다 이파리를 다 떨구고 마른 바람에 삭정이도 솔찬히 버린 상수리나무 숲에 앉아 까악까악 울고 있으면 눈구름이 서쪽 하늘에서 천천히 몰려와 나는 왠지 가슴이 먹먹해지곤 했다

　까마귀들은 앙상한 가지가 허공만 가리키고 있는 나무에 앉아 무엇을 부르고 있었던 걸까 상수리나무 숲은 그 마음을 알고 있을지도 몰라 나도 까악까악 흉내를 내어 봤지만 나 같은 놈은 도무지 아는 체도 하지 않는 것이었다

　한번은 상수리나무 숲에 가서 바람에 떨어져 나온 나뭇가지를 한아름 갖다 마당에 불을 지피다가 까마귀들은 상수리나무가 이파리도 삭정이도 다 떨구고 나니까 찾아왔겠구나 하는 생각이 들었다 상수리나무가 버릴 것 다 버리고 겨울 하늘에 제 속내를 들어내니 까마귀떼가 몰려와 놀았다니!

　나는 상수리나무가 타는 불길을 바라보면서 속이 뜨거웠었다

　땅속에 묻은 김치를 꺼내러 가면서 저녁노을을 붉게 피운

"

상수리나무 숲에 자꾸 눈길이 가는 오늘은 바람도 무지 차
가운 날이다 이제는 보이지 않는 까마귀떼 대신 내가 혼자
그 숲에서 까악까악 울어보고 싶은 딱딱한 나무 껍질 속에
서 새잎이 제 손가락 발가락 만드는 우수 다음 다음 날이다

기러기떼 난다

기러기떼 난다

저들은 어느 세상에서 왔을까

구름이 점점 분홍빛으로 변해가는 하늘을 날면서

저마다 한마디씩 끼룩대지만

가만히 들어보면 다 한소리다

날다가 날갯죽지가 아파

빈들에서 농부가 흘린 나락을 주워먹는데도

싸우거나 다투는 소리도 없이

피 흘리거나 절룩대는 치도 없이

다시, 다시 또 비상한다

참 지극한 평화다

둥그런 대열을 그리면서

그저 끼룩대기만 한다

자기들도 제 피붙이를 부르는 것일까

그러나 자리바꿈도 하지 않으면서

다같이 낙조 속으로 난다

언어도 상념도 없이 타고난 몸짓대로 난다

놀듯이
이 지옥의 창공을 아름답게 난다
내가 부끄럽게 난다

서리꽃 찰나

동트는 겨울 아침에
가장 가슴 설레는 건
마른 가지에 핀 서리꽃이다
까치도 그렇다는 듯 지저귄다
바람 소리도 없던 지난밤을
아침 햇살에 가장 먼저 말할 수 있다니
축복인가 가슴 메이는 아픔인가
나는 추위도 잊고 한참을 혼자가 된다
저 작은 광채는
내 안의 부정한 말들을 다 헤집어 놓는다
그렇지 않느냐 까치야
너와 말 통하는 때가 이 순간이다
그러나 찰나다
서리꽃은 홀연 햇살 속으로 사라져
나는 또 다변(多辯)이 된다
어느 맑은 겨울 아침
아주 짧은 찰나에 영원을 보여주고

다시 그 문을 닫은 서리꽃에게
영혼이 백지가 되는 사랑을 배웠다
그리고 그만인 내 삶을 알았다

후투티 마음

후투티 한 마리
부리에 지렁이 물고 밭에서 나를 보다가
자리를 비키니 처마 밑 제 집으로 들어간다
서까래 아래 어둠 속으로
부지런히 먹이를 물어가길 몇 날 며칠
오늘은 그 어둠 속에서
어린 새끼들 지즐대는 소리 한창이다
아마 그 녀석들도 눈빛에 세상이 어른거리면
그 서까래 아래 어둠을 박차고 날겠지만
제 어미가 물어다 준 지렁이 토막은
까맣게 잊을지도 모른다
제게 푸른 하늘을 보여주고
모내기가 마악 끝난 연초록 들판을 알게 해 준
제 어미의 부리!
그렇게 떠나고 제 세상을 깨뜨려야
더욱 비상할 수 있는 것이 生이라면
지금 나는 얼마만큼 높아진 것일까

나에게 들킬까봐 제 집 들어가지 못하던
어미 후투티 마음이
너무 높다

오월

나무에게는
이 세상이 다함없는 지복의 낙원이다
비록 고통 없이 살 수는 없겠지만
그 고통마저 뿌리를 더욱 깊게 하는 지혜일 뿐
숲의 고요를 깨뜨리는 소요는 아니다
한낱 줄거리뿐이던 삶이
놀라운 은총으로 점점 변해가는 오월에는
더욱 그렇다
아무도 가르쳐주지 않아도
따뜻한 한낮 햇볕을 제 영혼으로 삼아
초록 이파리를 하늘을 향해 출렁일 수 있는 것은
세상에 대한 연민 때문일 것이다
겨우내 분 마른 바람을
제 몸에 꼭 두르고 있기 때문일 것이다

오월에는
사람도 한결 아름다워져
모 내는 젊은 농부의 마음도 빨갛게 그을었다

감자꽃

감자를 심은 지 딱 두 달
하얀 감자꽃 피어
바람에 자꾸 말을 건다

어리석은 마음은 그간
감자꽃을 수없이 피우고 지웠지만
일생에 한 번 피는 꽃에게
몇 말의 햇볕이 필요했고
이슬의 명멸은 또 얼마나 바쳐졌을까

까치 한 마리
감자밭에 앉아 나를 바라보다가
그것도 모른다며 내 눈빛을 냉큼 쪼아먹고
푸드드득 날아오른다

흐린 날, 산에게 맞은 종아리

구름으로 제 봉우리를 감춰버린 저 산은
이승의 산이 아닌 것 같다
분명 가파른 산골짝엔 맑은 물이 흐르고
한 떼를 이룬 떡갈나무 이파리에는
제 일생만큼 햇볕이 저장돼
산비둘기 하얀 알에 지금 막 금이 갈 터인데
내 마음은 저 산을 헤아릴 수가 없다
은둔도 아니고 회피도 아니면서
세상일에 두루 마음 쓰는 삶이 꼭 없는 것은 아니지만
구름으로, 아니 하늘로 제 몸을 가려버린 저 산을
오래도록 보고 있으면
세상은 말(言)로 사는 것이 아니라는 생각까지 든다
마치 내가 지은 죄와
앞으로 닥쳐 올 까마득한 눈보라를
죄다 알고 있다는 듯
어디가 기슭이고 봉우리인지 능선이고 골짝인지
스스로 구별을 지워버린 저 산이

허섭쓰레기같이 이승을 사는 내 종아리를
딱, 후려친다
분별하여 마음 쓰는 나를 후려친다

삼한 사온

며칠 바람 차더니
오늘은 볕이 따숩다
양말이랑 사흘이나 입은 속옷을 빨아
밖에 널었다
행주도 주물러 널었다
부러 그런 것이다
마늘밭을 얼쩡거리는 까치도 쫓지 않고
그냥 바라본다
엊그저께는 손뼉 쳐 쫓았는데
해코지 않고 도로 날아간다
녀석도 아는 것이다
빈들을 망연히 바라보는 내 속마음을,
마당가 어린 느티나무처럼 볕을 쬐는
바람 많이 불던 어젯밤의 내 음지를……

이슬 聖水

내 드센 고집머리도 꺾이는 때가 있다

아침에 일어나
마당 귀퉁이 목련나무 이파리에 맺힌
이슬방울
내가 잠든 동안 우주는 제 흔적을
이렇게밖에 남길 줄 모른다

밤새 술 마시다가
막술집 밀창문을 푸른 새벽이 두드리자
술상 위에 쓰러져 버린 적이 있었다
마른 영혼의 저수지에 온갖 구정물을 댔던
그 때,
나를 다 게우고 싶었지만……

오늘 아침에는
어둠이 응결된 이슬방울에

삼십 년 동안 쌓인 고집머리가
아니 불순한 피를 이어받은 내 운명이
무색(無色)으로 되돌아간다

술도 열광도
내가 아니었다고,
마음 복판에 뚝 떨어지며 소멸해버리는
聖水!

내가 우주에 귀의하는 순간이다

꽃샘추위

자신을 섣불리 용서하지 말라는 뜻일 게다
아침에 일어나니
마당에 서리가 하얗다
엊그제 녹았던 진강산 계곡물도
지금은 깜짝 놀라
다시 부동자세가 되었다
죄짓긴 쉬워도
용서받긴 이렇게 등 시리구나
들녘의 아지랑이가 세상을 다 보듬는다 해도
나는 아직 때가 아니다
당신의 마음 복판에 쇠말뚝을 박은 죄,
불타고 남은 잿더미 앞에서
너무 빨리 당신의 이름을 지운 날들을
더 많이 울어라는 말씀일 게다
아침에 일어나니
어제까지 가까워지던 산이
오늘은 두어발짝 멀어졌다

제2부

귀거래를 생각하며

지금껏 고향도 없이 살았다
어머니는 전쟁 전 李아무개 수양딸로 간 뒤
친부모 양부모 소식 다 끊긴 채 사시다
나를 서자로 낳고 아버지에게 버림받았다
가는 곳마다
내 피에 섞인 이물질이 얼마나 서러웠던가
따뜻한 밥 한 그릇 먹고 마당에 나가
창공의 별에게 정들었더라면,
정말 그랬더라면
나는 이파리 많은 나무가 되었을지 모른다
지나가는 바람에 온잎이 출렁이는 나무가
그러나 내가 가진 것은
세상 밖으로 나가고 싶은 욕망뿐이었다
그 욕망 따라 여기까지 왔다
굴욕의 길이었다 비애의 길이었다
대지로 돌아가자
서울 온지 육년 만에 귀거래를 생각하며

없는 고향이, 나와 어머니를 버린 아버지가
새울음 소리에 그 많은 잎을 뒤척이는 나무 한그루를
내 안에 심어 놓았음을 알았다
고향도 없이 여지껏 떠돌았는데
물 설고 산 설은 곳으로 떠날 생각을 하며
나는 혼자 울고 있는데

비상

새떼가 일제히 날아오른다
먹구름 잔뜩 끼어
서쪽 하늘마저 내일을 예감하지 못할 때
새떼가 까맣게 비상하는 것은
허공에 몸을 부리기 위해서다
지상에서 보낸 시간이 덧없어서가 아니라
다시 날개를 펴지 않으면
저 먼 산을 훨훨 넘어가지 못하기 때문이다
저들도 한때 놀고 울고 먹이를 찾던
들과 내[川]가 없었다면
지상을 박차고 날아오를 수 없었을 것이다
단 한 마리도 버리는 일 없이 남쪽 하늘로 날아가는
한 무리의 새떼여,
함께 밟았던 지상에서 무슨 약속으로 부리를 부볐길래
허공에서 쳐대는 날갯짓에
바람까지 씽씽 부는 것이냐
새들이 날아오른다

이곳의 삶을 이고 다른 세상을 찾아가는 것이
비상이라는 듯, 천천히

쓰러진 나무에 대한 경배

세상을 같잖게 보고 나서부터
내 안엔 녹슨 철근더미만 무성했다
휘어지지 않는 게, 말하자면 내 이념이어서
당신이 나를 떠나고 나자
내 삶의 절반이 망가져 버렸다
후회되는 사랑은
항상 몹쓸 흔적만 남기는 법인데
이제, 어디를 향해 무릎을 꺾을 것인가
폭풍우 그치자 처참하게 드러누운 나무 한그루에
잠시 진저리를 치는 아침,
나무는 무엇을 위해 제 삶을 바쳤던 걸까
모든 게 지나고 나면 덧없다지만
덧없는 것을 위해서 삶을 던지는 일도
눈부실 수 있다는 것을 나무는 알고 있었던 것 같다
몰아치는 폭풍우를 전신으로 맞다
휘어질 만큼 휘어져 뿌리가 막 뽑혀질 때,
그 때가 나무의 영원이었을까

내 안에 노란 나비떼가 모였다

가을 운동회

어머니가 시장 바닥에 앉아서 생선 파는 젊은 과수댁이 아닌 적이 단 하루 있었다. 전주남국민학교 가을 운동회. 1학년인 나는 히말라야시다 좁은 그늘 아래서 한복을 곱게 입은 어머니와 김밥을 먹었다. 둘러앉은 식구라고는 어머니하고 나하고 단둘이었어도, 숙제 안 해가 선생님께 날마다 귀뺨을 한 대씩 맞는 날들이었어도, 그날 하루 나는 하늘의 흰 뭉게구름이었다.

그날 이후로 더 성장하지 말았어야 했다. 세상에서 제일 하얀 게 어머니 한복에 단 동정이라고 알았는데, 이리저리 이사를 다니면서 키가 자라고 세상이 보이자 어머니는 내 아픔의 진앙지였다. 운동장에 가득했던 흙먼지가 천천히 가라앉은 뒤 나는 혼자가 되었다.

어머니가 생선 파는 젊은 과수댁이 아닌 날이 내게는 단 하루였으나 잠든 내 등을 마른 손바닥으로 쓸어주시던 날은 생선 냄새가 채 어머니 몸에서 빠지지 않은 날이었다. 가을 운동회. 나는 그 하루의 축제를 먹고 자랐지만, 하루의 축제를 위해 어머니가 무릎으로 걸으신 날은 도대체 몇날 며칠이었을까. 살다가 길을 잃어 사방을 두리번거릴 때, 언제나 저 멀리서 빛나는 건 흙먼지 뿌옇던 전주남국민학교 1학년 때 가을 운동회, 히말라야시다 좁은 그늘이었다.

마치 누더기처럼 마음에 흠집을 가지고 나서야 내게는 단 한번의 가을 운동회뿐이었음을 알았다.

냉장고만 돈다

아무도 없는 시간에 냉장고만 돈다
안에 넣어 둔
술이나 물의 차가움을 위해
음식의 부패를 막기 위해 냉장고만 돈다
친구도 가족도 다 멀리 두고
나 혼자 여기 앉아서
무엇을 바라고 있는 걸까
세상은 지금 온갖 소음을 내며
천천히 무너지고 있는데
나는 고요가 좋아 여기에 앉아서
냉장고 도는 소리만 들어도 되는 걸까
내 언어가 세상을 잃어버릴 때
나부터 부패하는 법
마른 잎에게 말 거는 바람 소리 들을 귀는 없이
고작 냉장고 도는 소리만
유난히 크게 들린다
조금씩 영혼의 불이 꺼져가는 세상에서

이제 어떤 소리를 내어야 하나
냉장고 소리가,
나를 웅웅웅 울린다

전등사 가는 길

일미식당에서 내장탕 한 그릇 배불리 먹고
전등사 간다
가을걷이 끝나 세상이 한결 넓어졌다
간판없는 전파사 지나
아이들이 배드민턴 배우는 초등학교 운동장을
잠깐 기웃거리고, 아이들 깔깔거리는 소리가
마치 내 안에서 콸콸 솟는 샘물 같아
하늘 한번 바라본다
티 하나 없는 가을 하늘을 위해
나무들은 얼마나 많은 탄성을 뿜어냈나
깨달음이 어디 산중에만 있을까
숲을 물들인 게 면벽정진은 아닐 것이다
주머니에 손을 넣고 가파른 길을 천천히 오르면
살아온 날들이 까닭 없이 목을 매게 하기도 하지만
그러나 그 모든 것이 나를 빚었음을 깨닫게 해주는
전등사 가는 길, 짧은치마를 입은 나이 먹은 여자에게
惑한다 다 울긋불긋한 이 가을 탓이다

돌아보면 멀리 바다가 보이고
바다 건너 내가 버리고 온 아파트 숲이 보인다
대웅전 안 탱화가 너무 색스러워 주위를 둘러보다가
절 마당에 붉게 물든 단풍나무, 내가 지나온 길이
다 저 색깔이었다
지금껏 그것도 모르고
나무아미타불 나무아미타불 염불만 했다니
어서 내려가자 나를 惑하게 한 無明 속으로
더 때 끼지 않고는
풍경 소리도 내 안에 머물지 않으리라, 생각 드는
전등사 가는 길 갔다 오는 길

저녁 山寺에서 길을 생각하다

해가 져서야 山寺에 들었다
얼음밭을 헤치고 와야만
산자락을 재우는 저녁 범종 소리가 들리다니
이 한순간의 평화를 위해서도 먼 길이 필요하다면
한사코 남루가 되는 삶을 고집하리라
그러나 뒤돌아보면
산 아래는 피붙이들이 살고
여기는 새소리 하나 없는 정적뿐이다
비록 죽비 맞으러 왔지만
내 길의 끝이 혼자 맞는 적멸의 산사가 아님을
어떻게 잊을 수 있을까
저녁 범종의 佛音을 내게 주고
어둠 속으로 들어가는 잿빛 장삼자락을 바라보며
다시, 내가 갈 길을 생각한다
마른 소나무가지가 내는 바람 소리를 들으며
이 산사의 평화가
아직 내 것일 순 없다는 생각을 한다

산 아래는,
가슴 귀퉁이가 무너진 피붙이들이 산다

마지막 잎새

희망이란 저런 것이다

새벽에 내리는 이슬방울도
결빙의 고통에 뼈가 시릴 때
잎새는 제 몸이 떨어진 직후에 이는
공기의 파문을 안다
사람들은 무성한 녹음이 희망이라고 노래하지만
녹음 속 새 지저귐에 귀기울이지만
제대로 크지도 못하고
축 늘어진 대추나무 가지에 매달린
마지막 잎새 하나가
아슬아슬하게 말한다
툭!
떨어지는 찰나에 이는 파문을
내 영혼으로 삼으라고
내게, 희망을 가르쳐준다

물은 제 길을 간다

갑자기 분 물이 골짝을 내려가자
마을은 어둠에 휩싸이고 모든 게 무너져 내렸다
물은 제 길을 간 것뿐인데
사람들은 물을 원망하고
잃은 가산과 세월을 원통해 했다

처음에는 잎사귀 한 장으로 살더니
아랫사람을 부려 나무를 베다 기둥을 삼고
바위를 쪼아 주춧돌을 놓고
산과 내[川]를 따라 난 길을
다 뭉개고 반듯한 길을 닦았다
제 곳간에 열매를 쌓아놓은 뒤부터
하늘도 땅도,
동구 밖 고목의 텅 빈 몸통이 내는 세월의 소리도
전혀 두렵지 않았다

한번은 몇 날 며칠이 가물어

물이 졸졸졸 흘러 마을로 내려가자
사람들은 바싹 마른 물독 때문에 하늘을 원망했다
지난 날 너무 많이 마셔버린 일은 까맣게 잊은 채
나눠 마시지 않은 잘못은
아예 알지 못한 채
서로 싸웠다 멱살잡이를 했다

물은 제 길을 간 것뿐인데
사람들은 왜 돌투성이 제 마음은 모르는 걸까
물이 뜨거운 햇볕과 만나면 구름이 되고
구름과 구름이 부딪치면 번개가 번쩍이고
나무가 바람을 사랑해 바람소리를 내는 것을
정말 모르고 있는 걸까

거센 몸부림으로든 소금쟁이 긴 다리에 이는 물무늬로든
물은 바다로 간다
뜨거운 햇볕이 부르는 소리에 구름이 되어

다시 가문비나무 뿌리로 내리는 빗방울이 될지
입동 지나 어느 집 앞마당에 눈송이로 다시 올지
물은 그냥 제 길을 갈 뿐이다

낭떠러지는 서슴없이 떨어지고
앞을 막는 보가 있으면 한 시절 머뭇거리다
넘어서서, 제 길을 제 생애로 간다
눈꺼풀 닫혔다 열리는 순간에도
물은 제 길을 간다

소설이 지나서 내리는 비는

소설이 지나서 내리는 비는
당신에게 보낸 편지 같다
낮에 그렇게 까마귀 울더니
내 안에 기어코 둥지를 틀었나보다
소설이 지나서 내리는 비는
내 피의 수은주를 뚝 떨어뜨리고
까닭 없이 발을 차갑게 한다
빈들의 두꺼운 어둠을 가로질러도
세상의 불빛은 여기서 한참이나 멀어
회오리치던 마음도 끝내는 순해진다
예까지 와서
무엇을 더 바랄 것인가
짚더미 덮어준 마늘밭
뿌리 내리는 소리에 귀기울여 보리라
한걸음 더 멀어지면
집 옆 무덤가 상수리나무가
나를 한번은, 딱 한번은 불러줄 것이다

소설이 지나서 내리는 비는
이렇게 혼자 저물 수 있는 힘을 준다

어둠 속에서 나는

어둠 속에서 나는 한 마리 짐승이다
새들이 다 제 둥지로 날아간 들녘에서
버리고 온 곳을 향해 컹컹 짖다가
마음 한 가운데에 생솔가지만 태운다

이제 돌아가지 못한다
다만 어둠 속에서 눈동자에 파란 불을 지피고
숲으로 강가로 정처없이 떠돌 뿐이다
아주 멀리 떠났다가
다시 제 자리로 돌아올 뿐이다

천지간에 그만 해가 뜨면
한그루 나무처럼
내 곤두선 털은 이슬 반짝이는 나뭇잎이 되고
부르튼 발은 흙 속에 뒤엉킨 뿌리가 되지만
한번도 가보지 못한, 그러나
분명히 한 生을 살았던 산아래 마을로부터

억새꽃 무성한 언덕길로부터
한발짝 멀어진 뒤다

어둠 속에서 나는
버리고 떠난 곳을 향해 우는 한 마리 짐승이다

병산서원 배롱나무

키 큰 배롱나무에는 꽃 한송이 없어

해가 일찍 졌다

맨몸으로 세상을 산다는 건

엎드려 제 안을 보며 산다는 뜻일까

강기슭 언 살얼음 위로

마른 바람이 불고

머뭇거리면 어둠 속에 가둬버리겠다는 듯

산그림자가 길어졌다

맨발로 만대루(晚對褸) 올라서

生의 냉기에 화들짝 놀란 뒤 길 떠났을 때

입교당(立敎堂) 뒤편 배롱나무가

어스름에 하얗게 빛나고 있었다

누구든 빛나는 풍경을 가슴에 담아두고 싶겠지만

저 배롱나무처럼 풍경이 되어 사는 일이

스스로 빛을 뿜는 일이라는 것을

사람들은 잘 모른다

내 생전에, 아마 한 生을 다 지불해도

입교당 뒤편 키 큰 배롱나무가 될 수 없겠지만
나는 마냥 가슴이 저리고
한번은, 단 한순간만은 세상도 버리고 싶어졌다

밤길

언 땅이 녹아
발길에 논두렁 귀퉁이가 주저앉을 때
밤길을 간다
다시금 깨닫나니
저 하늘의 별빛으로부터 너무 멀리 왔다
처음 술 마시던 날
일찍 취해 전신주 붙잡고 다 게웠다
뱃속의 내용물보다
그 때 왜 눈물이 더 많이 났던가
세상의 불빛도 다 멀찍이 있고
산모롱이 돌면 새끼들 자는 집도 보이지 않는
그런 구불구불한 길을 간다
외로워서가 아니라 외롭기 위하여
혼자 밤길을 가면
나도 길의 일부가 된다
몇백년 몇천년
얼었다 녹았던 길을 간다

먼 별까지 지구가 빛난다면
아마 혼자 가는 밤길 때문이리라
그 길 가고 가면
드디어 버드나무 가지에 새잎이 피고
녹은 얼음은 작은 물길이 되리라
生에 쌓인 죄들도 하얀 연꽃송이로 피리라
그런 밤길을, 고요히 간다

사계

내가 당신을 처음 봤을 때
딱딱한 영혼의 껍질 틈새로
새잎이 피어났다

이전의 生은 그 얼마나 불모이었나!

이제는 솟구치는 격정에
먼데서 들리는 당신의 심장 소리에도
쏴아쏴아 내 전부가 몸서리친다
뙤약볕도 기뻐라
잎잎은 더욱 짙푸르러 가고
당신의 깊은 어둠을 향한
生의 비등점이여!

그러나 아무도 없는 휑한 들판이
어느새 내 안이 되어
나는 아프고 외롭다

산너머 소식도
바람에게서 듣는다

노을이 먹빛으로 변하면
첫눈이여 오라
거센 눈보라여 쳐라
다시 능멸의 시간에
당신은 이미 내 거대한 뿌리가 되었고
나는 우주의 나이를 먹는다
잎사귀 한 장 없는 가지에
지나는 새 한 마리 앉는다

사랑도 나무처럼 자란다

씨를 뿌리고

쑥대밭 갈아 씨를 뿌렸다
산그림자 길어지는 저물녘
탄생은 허리아픔에서 온다
목덜미 땀을 닦을 때
가을을 묵상 중인 수수모가지 흔들며
바람이 분다
황금빛 이승이 얼마나 과분한가
거름을 퍼 고루 뿌리면
해 진 뒤 이슬방울이 함뿍 내린다
이제 영혼을 파종하는 사람이 되어야지
빈들 위로 까마귀 까악까악 날고
찬바람 내 살껍질 딱딱하게 갈라놓을 때
먼 산 바라보며 나 혼자 있어야지
상념마저 없어지면
갈라진 살껍질 사이로 새잎 피어나는가
쑥대밭 갈아 씨 뿌리고 아픈 허리 펴니
나락 잘 익은 저 들이

나를 더 작아지게 한다
그렇다 이 허리아픔 없이
저 산너머 세상을 얘기하지 말자

아파서 아파서 더 작아짐 없이

제3부

공중화장실에서의 단상

공중화장실에 바지 내리고 앉아 있으면
나는 한없이 편안하다
힘 줘 억압한 배설물이
갑자기 쏟아져서가 아니다
이를테면, 동성애자 구함 따위나
과장되게 그려진 남녀의 성기들이나
삼류 섹스영화 같은 낙서들이
전혀 우습지 않다
무슨 소리, 내가 바지 내리고 배설하는 행위와
그렇게 잘 어울릴 수가 없다
정치 구호가 다리 벌린 여자 그림 밑에
마치 주석처럼 씌어지던 시절은 갔지만
나는 요즘 공중화장실에 쭈그리고 앉아
뒤집어진 세상을 상상한다
혁명을 바지 내리고 하는 건 아니지만
공중화장실 회벽의 낙서 같은 세상이
한번 왔으면 하는 생각이 든다

주름 잡은 바지가 다 구겨지는 세상
은밀한 욕망이 백주대로로 뚜벅뚜벅 걸어나가는 세상을
공중화장실에 쭈그리고 앉아 상상해본다
고작 똥누는 자세로……

가을이 오는 길

118번 출근버스 안에서
나는 한 여자를 범하고 싶었다
빗방울이 차창을 때리고
번개가 치고 있었다
마음의 깊은 골짝이 순간
훤하게 비쳤다가, 사라지고
간신히 제 정신이 되었지만
버리고 싶은 내 욕망 때문에
두 눈을 한참 감았다 떴지만
그 여자는 내 앞에 없었다
짧은치마 아래 허벅지가 하얬던 여자
내 전신의 숨구멍으로 빨려들어왔던 여자
폭발 직전 화산 같은 욕망도 가고
머리 긴 그 여자도 가버렸지만
나에게 남은 火田 하나가 두꺼운 먹구름이 되어
여름내 비가 내리고
천둥 번개가 쳤다
가을이 성큼 다가왔다

삼례 배차장

나는 그곳이 두려웠다
퇴학당한 형들의 불량스런 표정이
공중변소 회벽에 칼자국으로 새겨졌다고도 하고
간밤에 여고생 한명이 공중변소 뒤안에서
돌림빵 당했다고도 했다
아침 저녁 등하교길
내 눈길은 항상 버스가 들고 나는 배차장을
두근두근 바라보곤 했다
내가 가보지 못한 봉동 금마 같은 곳에서
버스가 지친 몸을 부리러 오기도 하고
바카스 한병 마시고 기운 차려 떠나는 배차장이
전북여객 붉은색 줄무늬 같은 불을
내 심장에 댕기곤 했다
두려움은 그리움의 그림자인가
중학교 삼년 기르고 싶은 머리처럼
나에게 드리워진 검은빛 삼례 배차장
한때 가보지 못한 세상의 입구였으나

결국 세상의 전부였던 삼례 배차장
나는 그곳에서 여기까지 왔으나
한발짝도 멀어지지 못했다

육체파 여배우에게

어두운 세상에 토해놓는 단 숨결에
나는 숨이 막혀
그만 정신을 놓쳐버린다
마치 까마득한 벼랑 아래를 내려다보듯.
그렇게 조명과 카메라와
몇몇 스탭 앞에서
알몸으로 치는 몸부림이
몸부림에 새겨지는 불순한 상상들이
한 생애를 이루는 것은 아닌지,
을씨년스런 대낮 동시상영관에서 생각한다.
네 몸부림이 가짜라면
내 욕망의 진짜 모습은 무엇일까.
붉은색 '금연' 아래서 담배 한 개비 피워 물며
네 달디단 숨결이
어두운 내 안에 헉 헉 와 닿길
담배불빛 같은 밝기로 소망하는데
꺼질듯 꺼지지 않는 욕망이

어쩌면 生의 발전소가 아닐까 생각하는데
내 습한 내면이 스크린인
대낮 동시상영관에서.

안양천을 건너며

야근 끝내고 아침에 퇴근하는 날은
꼭 구로공단에서 집까지 안양천을 걸어다닌다
딴에는 혼자 천변의 바람맞으며
밤새 헝클어진 마음의 갈래나 헤아려보자는 것이지만
뿌연 스모그가 되려 나를 어지럽히는 날에는
세상에게 버림받은 느낌이 든다
산줄기도 물줄기도
나에게 등 돌렸다는 생각이 드는 것이다
새소리와 마음이 얇으면 들리는
햇빛에 잎사귀가 몸 여는 소리와
새벽길 떠난 사람의 점점 멀어져가는 발소리로부터
너무 멀리 와버렸다는 생각에
야근에 지친 마음이 자꾸 잔가지를 친다
누구는 밥을 못구해 집을 나가고
여편네를 두들기고 제 새끼 가슴속에
날 선 칼 한자루 부양하고 있다는데
나는 고작 안양천변에 부는 바람이 없어 괴로운 것이다

삶을 벼랑으로 내모는 세상이 증오스러운 것이다
걸음 걸음이 위태로운
야근 끝내고 아침에 퇴근하는 날은 안양천을 건너며
돌아갈 수 없는 옛시절을 생각하다가
뿌연 스모그 속으로 흘러가는 검은 물살에게
무너지는 눈빛만 던진다

선데이 서울

어둠의 색깔은 총천연색이다.

나는 너무 빨리 까졌다.
여섯 살 때 좀도둑질을 해봤고
전주 남부시장통 지하 다방 레지 누나의 종아리가
지금도 기억난다.
나는 그때 미취학 아동이었다.

바른생활 책이나 월말고사 우등상보다
현란한 싸구려 화보가 나를 성장시켰음을 고백한다.

부르는 소리도 없었는데
나는 왜 접근금지인 세상을 꿈꾸었을까.
아무도 가보지 못한 세상
깊은 구멍으로만 존재하는 세상이
왜 내 生을 상기시켰을까.

선데이 서울,
내 生에 총천연색 욕망을 칠해놓고
그것이 어둠임을 가르쳐주었다.

한때 내 經이었던,

하루종일 빈둥거리다

집에서 빈둥거린다
목 매달아 자살한 가수의 노래를 들으며
스무살 때 읽은 색바랜 시집을
건성건성 읽으며
뜨거운 커피도 한잔 마신다
초여름볕이 베란다를 넘어 자꾸 기웃거린다
목적 없이 산다는 건
마음에 수국이 피었다가 소리없이 지는 것
노랗게 익은 살구 소낙비에 떨어지는 것
하루종일 빈둥거린다
과자부스러기를 져나르는 개미도 본체만체
집 앞에서 뛰노는 새끼들 소리도
그냥 네 멋대로 하거라 들리지 않고
맘놓고 방에서 담배 한 대 피우고
창 열어 푸른 하늘 한 번 바라보면서
마냥 빈둥거린다 하루종일 나 혼자다
기쁨은 보고싶은 사람과 나 사이에

하얀 뭉게구름이 바람 따라 흘러가는 것
빨간 장미꽃잎에 맺힌 이슬방울을
그냥 오래도록 바라보는 것
하루종일 집에서 빈둥거린다
아무 목적도 없이
물론 대의명분도 없이

변절

죽은 이를 참배하러 가서
막 눈뜬 나무의 새잎에게 절하고 왔다

언 골짝이 녹을 때
먼 산부터 꽃이 필 때

죽어야 사는 뜻을 비로소 깨닫는다
묘비에 새겨진 글자 너머
죽은 이의 육탈을 생각한다

영혼만이 사는 세상을 믿지 않는 탓에
비록 깃털 같은 삶을 살지라도
무덤 속 어둠이
어둠 속 빛나는 뼈가
대지에게 실룩실룩 말하고 있다

이제 그만 내려가야 할 때

죽은 이를 참배하러 가서
새로 태어나는 나무를
내 안에 옮겨 심고 왔다

견디기 힘든 근질거림

일하다 다친 손가락이
한 열흘 지나니 근질거린다

봄바람에 몸을 마구 꼬는
나뭇가지같이
상처 틈새로 들리는 키득거림

견디기 힘든 경련

손가락 깨질 때 보이던 그 어둠이
무싹 같은 새살 틔운다
흉터를 남긴다

바뀌는 일은
원상회복이 아니라 조금씩 이그러지는 것인가

당신을 보면

내 마음은 참을 수 없이 근질거린다
당신은 내 킬킬거리고
나는 점점 이그러진다

죄 안에 길이 있다

애가 둘인데
나는 아직 길을 모른다.

어두워져
세상에 내뿜는 집집의 불빛을 보면
여지껏 바깥이구나,

마음이 짜-억 금간다.

죄짓고 참회하고 죄짓고 참회하고
여기까지 왔다.
지은 죄가 긍정되는 삶을
한 번 살아보고 싶은데,

어제 지은 죄로
봄볕마저 내게는 채찍이다.

아무래도 길은
죄 안에 있는 것 같다.

허락받지 못한 데서

광명시립도서관 뒷산 기슭에는
세상에서 허락받지 못한 마을이 있다
마당 한뼘없이
노인네 바튼 기침소리도 술 취한 쌍소리도 내남없고
개줄에 묶인 삽사리가
파란 하늘 흰구름 보고 짖는 집
여럿 모여 산다
잘난 세상에 마루도 내놓고 부엌문도 내놓고
여우비 그친 뒤 내리쬐는 햇살에
처마의 낙숫물도 몇방울 떨구는데
뒤안 솔숲길에선
도서관에서 공부하다 지친 젊은 남녀가
깊이 입을 맞춘다
정말이다 내가 다 봤다
근린공원 건너 반듯반듯한 아파트 단지에서는
결코 벌어질 수 없는 일이
광명시립도서관 뒷산 기슭 볕 바른 곳

세상에서 허락받지 못한 마을에서는 일어난다
마치 눈가의 눈곱 떼듯
아무렇게나 일어난다

어느 저녁 때

땅거미가 져서야 들어온 아이들과 함께 밥을 먹는다
뛰노느라 하루를 다 보내고
종일 일한 애비보다 더 밥을 맛나게 먹는다
오늘 하루가, 저 반그릇의 밥이
다 아이들의 몸이 되어가는 순간이다
바람이 불면 나무는 제 잎을 어찌할 줄 모르고
따스한 햇볕에 꽃봉오리가 불려나오듯
그렇지, 아이들도 제 몸을 제가 키운다
아내와 나는 서로를 조금씩 떼어내
불꽃 하나 밝힌 일밖에 없다
그후 내 生은 아이들에게 이전되었다
그러다 보면 열어놓은 창문으로 시원한 바람이 들어오리라
오랜만에 둥그렇게 앉아
아이들의 밥위에 구운 갈치 한토막씩 올려놓는다
잘 크거라, 나의 몸 나의 生
죽는 일이 하나도 억울할 것 같지 않은
시간이 맴돌이를 하는 어느 저녁 때다

여름날

한여름날

그러니까 장마도 끝나고 말복 가까운 여름 한낮

들에는 개미새끼 한마리 없다

바람이라도 불면

느티나무 이파리라도 한마디 할 텐데

어느 여름날 그것도 한낮

뙤약볕에 벼포기만 신난다

모가지가 자꾸 근질거린다

마치 젊은 여선생님 따라

체험학습 나온 중1 아이들처럼

용접불꽃을 보며

붙는다는 것은
눈부신 광휘를 내뿜는 것이다

한 사람이 다른 사람을 향해
자기 生을 폭발시킬 때
세상은 모두 어둠이고
그 불꽃만이 외로운 섬이다

아파트 신축공사장
늙은 노동자의 전율 같은 화염을
멀리서 바라보면

아아, 나는 아직도 외로움이 두려운 것이다
광휘를 내뿜는 탐닉도 없이
합선 이후 끊어져버리는 퓨즈를
오래 꿈꾼 것이다

소리도 빛도 없는 소멸이

그토록 두려우면서——

소름끼치는 책

강물을 붉게 물들이는 저녁놀이
내 영혼의 우주였던 적이 있었다
그 낮과 밤의 경계에서
지평선 너머를 바라보곤 했다

학교 가서 도덕도 배우고
사과가 떨어지는 원리도 배운 뒤부터는
책에 박힌 까만 활자가
나의 날개가 되었다
한 장 한 장 책장을 넘기면서
몽정을 하고 겨드랑이에 털이 나고
술을 마셨다

나는 生을 책 속에서 찾았다
먹을수록 미열이 일던 성장제
별자리도 벌레가 기어간 흔적도
다 읽을거리였지만

이른 봄 나뭇가지가 새눈 뜰 때
내게는 새로 뜰 그 무엇이 없었다
자꾸만 덧칠하고 수정하여
어찌 해 볼 도리가 없는 生이 되어버린 것이다

한 세상 다 버리고
겨울바람에 제 몸을 우지끈 꺾어버렸던 나무처럼
자해 한번 없이,
아니 그 직전 자기모멸도 없이 살아서
붉은 영혼에 시커먼 활자가 박혀서
아직껏 폭발하지 못하는 것이다

열 돌을 맞은 인천노동자문학회 벗들에게

십년이면 江山도 변한다지?
봄바람에 뭉게구름이 제 몸을 조금씩 바꾸며
저 산너머로 흘러가듯
강과 산도 흘러간다는 얘기일거다
살아가면서 세상에 다 하지 못한 말들이
가슴 복판에 한아름 쌓였어도
아름다움을 빚는 데는 아마 백년이 더 걸릴지도 모른다
천지간의 모든 것이 그렇게,
자기를 죽이면서 그렇게 또 다른 세상을 연다는데
지난 십년, 생각하면 얼마나 가슴 저리는 세월인가
돌멩이를 한바퀴 굴리는 데도
우리는 제 삶을 학대해야 했다
그러나 우리들의 잔치는 언제나 가난해
이 외로움도 가슴 뛰는 축복 아닌가
고단한 몸뚱이 잠시 쉬는 이 자리부터
길은 수만 갈래 열리는 것
우리 이제 지금껏 쌓아놓은 말도 버리고

쉼없이 움직이는 먼 별의 궤적을 보자
지나온 세월 십년!
세상을 향해 돌멩이 같은 노래를 뱉어내는 동안
우리가 화석이 되어버렸을지도 모르는 일
이 가난한 잔치가
우리를 광야로 떠나게 하는 祭儀가 되기를,
저 지평선 너머를 바라보는 눈동자에
더 짙은 그늘이 드리워지기를······

일몰을 보다

나는 지금 일몰을 보고 있다
길의 끝이 아직 허락되지 않아
이렇게 누더기이더라도
집으로 돌아가는 작은새 울음이여
누구나 뒤돌아보면 마음은 돌연 정전되므로
회한은 그만 거두어라
사랑은 이제부터다
단 한 번의 폭발을 위해 별이 빛나듯이
이제 곧 닥칠 生의 갈림길을
부디 두려워 않겠다
가장 가벼운 티끌이 되기 위한
사랑은, 이제부터다
지평선이 서서히 지워져
아득한 모래바람이 불 때
나는 미동도 없이 살아야겠다
붉은 일몰을
아무 희망도 없이 바라보는 나는,
한 벌의 누더기이다

제4부

집이 그립다

이제 서울에 한번 나가면
잘 데가 마땅치 않다
술을 마셔도 취하지 않고
사람을 만나도
그 사람 마음을 읽을 수가 없다
눈 씻고 보아도 보이지 않는
별빛이여
내가 너를 버린 지 도대체 얼마나 되어서
이제는 집에 가고 싶은 걸까
한 생애를 죽 뻗고 누울 집,
자다가 이불 걷어차면
어머니가 이불을 다시 덮어주는 집,
내 울어도 그 소리가
어서 어서 새잎을 불러내는 봄바람이 되는 집에
이 화탕지옥에서
내 손으로 심장을 쥐어뜯는 세월을
얼마나 더 살아야 갈 수 있는 걸까

서울에 가면 집이 그립다
친구들과 흙길에서 뒹굴다
들어와 밥 먹으라는 어머니 목소리가
어스름녘에 이내로 깔리는 집이—

진달래

바람 차고 봄볕 따순 예비군 교장
소총 눕혀놓고
상수리나무 아래에다 오줌 누는데
얼라, 내 자지 단단해지는 인기척.

마른 덤불 사이로 얼굴 붉히는
어이쿠, 진달래.

가을산

제 영혼의 무늬를 비로소 드러내는
가을산.

남보다 먼저 물드는 나무
천천히 잎 지는 나무
벼랑에다 존재를 걸어버린 나무
찬이슬 맞아 만개하는 나무들이 세상을 이루어

지나는 바람도 제 삶을 바꾼다.
가을산,

혁명은 절정에 이른 피의 색깔이 아니라
끓는 피가 응고되는 과정이라고
내게 일러주지만

가을산, 가을산
오늘 나는 너를 먼데서 바라보며
내 영혼의 무늬를 그린다.

거리(距離)

요절한 시인의 시를 읽다가
자꾸 당신 생각을 하네

당신에게 가는 길은
버스를 두 번 타고 지하철을 타고
수면에 아무 것도 비치지 않는 강을 건넌 뒤
내려올 수 없는 그 계단을 올라가야 하네

이 막막한 설렘!

내 영혼에 새잎 필 때는
이렇게 당신 생각을 하다가
당신과 나 사이의 거리를
마음이 알아버린 이후라네

눈동자에 폭풍이 휘몰아쳐 올 때
요절한 시인의 시를 읽으면

자꾸 당신 생각이 나네

당신과 나 사이의 아득한 거리가
자꾸 나를 움직이네

느티나무 아래서

비 내리는 텅 빈 운동장 귀퉁이
느티나무 아래서 빗소리를 듣는다
아이들은 어디로 갔을까
어릴적 흰 새털구름 아래서
달리기를 하고 공을 차고
집에 가기 싫을 때 내 공간이었던
운동장에 내리는 빗줄기를 바라보며
느티나무 잎새에
제 생애를 고해하는 빗방울 소리를
한참동안 들으며 생각한다
아이들은 어디로 가고
부양가족을 둔 나흘째 수염을 못깎은 사내가
혼자 여기에 서 있는가
지나고 나면 기억은 보석이 되었다가
가슴에 깨알처럼 박히는
사금파리가 되었다가 하지만
천지가 어둑해지는 저녁이면

다시 돌아가야 하리라
꿈결처럼 비 내리는
텅 빈 운동장 귀퉁이 느티나무 아래
여벌의 옷가지도 없이 찾아왔지만
시간은 모든 걸 가져가 버리고
빛나는 남루 한 벌만 허락해주었다
마음이나마 나뒹굴 빈 공터도 없이

잎사귀 질 때

사랑은, 가지를 떠난
잎사귀 한 장 같을지도 모른다는 생각을 해본다
거처를 버렸으므로
혼돈을 택했으므로
솟구치는 기쁨이여 고독이여
먼 별에까지 미치는 파문이여
당신을 안았을 때
내 심장은 어떤 언어로 이글거렸을까
결국 나락에 눕게 되겠지만
그곳에 이르는 먼 여정이 축복이든 저주이든
내 生은
바람 한 자락에도 나부낄 것 같았다
그러나 당신을 향한 내 폭발은 자꾸 유예시키고 싶었다
잔해 가운데 가장 빛나는 보석은 있겠지만
위험수위 직전의 목마름으로
내 껍데기를 다 태우고 싶었던 것이다
잎사귀 한 장 드디어 저 끝에 다다라도

그 짧았던 시간이 내게는 영원일 것이므로
사랑은, 당신의 배경으로 흐르는
물줄기일지 모른다는 생각을 해본다
고이지 않는 욕망일지 모른다는 생각을 해본다
당신을, 당신을 탐하다가
마음의 벽돌만 산산이 깨지고 나서

작별인사

정 들었다는 건, 밖으로 터져나온 마음을
서로의 내면에 받아적었다는 애기일 게야
한 생애가 결국
눈부신 황금빛이다는 생각을 하면서
나는 너를 바라보곤 했다
만취한 새벽
네 앞에 토사물보다 더 많은 눈물 흘린 날
네 이파리 한 장으로 매달려 살고 싶다는 생각을 했었어
삶이 피고 지는 것이라면
이 거대한 심연도
잘 건널 수 있을 것 같았는데
이렇게 이삿짐을 꾸리고
베란다 낡은 창문을 열고 너를 보니
내게는 햇빛에 드러난 네 모습보다
어둠에 휩싸인 네가 더 잘 보인다
나도 너의 마음을
이제는 안다는 것일까?

잘 있어, 나 가고 나면
너는 한 잎 두 잎 넋을 잃겠지만
그 순간도 다 네 生인 것을
잘, 잘 있어.

물소리

나는 네 소리가 좋아
앉은자리에서 일어설줄 모른다
백사장 모래알 같은 날들을
봄 여름 가을 겨울을
숲의 영혼에게 들려주어
새봄의 정념도 어찌할 바를 모르는 건가
내 생애가 자꾸 휘감긴다
세상일에 지쳐
잠시 비겁해지기로 한 마음이
갈 길 잠시 잊고 있으려니
물이끼 시퍼런 돌멩이가 한바퀴
제 몸을 굴린다
갑자기 숲이 수런거린다

눈보라를 맞으며

한낱 포즈였다.

버림받은 날,
점멸하는 공기의 소용돌이 속에 있으면
한때 내 영혼의 머리채를 잡아흔들던 광기마저
흔적도 없어진다.

生이 분탕질 당한 후
내 안에 고이는 물은 무슨 빛일까.

깨닫지 말자.
깨닫지 말자.
빛깔은 내 안에 있는 것,
나를 한그루 나무로 휘어지게 하는
눈보라 속에서
버림받은 시간 속에서

나는 포즈를 버리고
눈보라 그친 뒤
어두운 구멍이 되어버리는 生을 배웠다.

흙이 몸부림치는 소리가
고요한 내 귓구멍 속에 쌓이는—

전복적 삶과 금지와의 싸움으로서의 시

조기조 (시인)

1

올해 초, 황규관이 서울 생활을 청산하고 강화도로 이사를 한다고 했다. 강화도에 가서 농사를 짓겠다는 거였다. 나는 저으기 걱정이 되어 그의 강화도행을 말렸다. 너나 나나 없는 놈들에게 그래도 서울이 벌어먹기가 훨씬 수월하다는 게 내 만류의 근거였다. 그러나 그는 「귀거래를 생각하며」라는 눈물나는 출애굽기를 남기고 가족을 솔거하여 서울을 떠나고 말았다. 한편 나는 그가 과감히 서울을 벗어나 살게 되었다는 사실 앞에서, 그 용기 있는 선택적 삶이 부럽기만 했다. 그리고 그가 그

곳에서 아주 잘 견뎌서 내 탈서울의 근거라도 마련해 주기를 마음속으로 은근히 바래기도 하였다. 이따금 전화를 걸어와 '오늘은 감자를 심었다'는둥 하며 그곳 생활의 즐거움을 전해 줄 때는 실업에 시달리는 내 서울 생활의 숨통을 더욱 답답하게 조여오곤 했다.

그런데 웬걸……, 며칠 전에 그는 전화를 걸어와 서울에 일자리 있으면 알아봐 달라고 은근히 청탁을 해왔다. 내 한 몸도 건사를 못해 마누라 등에 업혀 살아가는 처지라 어찌 도움을 주지는 못하지만 걱정도 되고 또 부아가 나기도 했다. 농사를 짓겠다고 한 자가 자기가 뿌린 씨앗을 거두기도 전에 다시 도시로 나와야겠다고 할 땐 그만한 사정이 있을 테지만 도대체 어찌된 삶이기에 그렇게 쉽게 몸을 놀리는 것일까 생각하며 나는 그의 지난 이력을 거슬러 상기해보게 되었다.

내가 황규관을 처음 만난 것은 1993년 봄이었다. 당시 나는 구로노동자문학회에 소속되어 활동을 하고 있었는데 정기 문학 강좌에 그가 수강하러 온 것이 그와의 첫 만남이 되었다. 나이는 스물 여섯이라는데 약간의 대머리기와 이미 결혼하여 젖먹이 아이까지 하나 두고 있고, 얼마 전까지 광양제철소에서 일을 하다 최근 상경을 하게 되어 문학회에 오게 되었노라고 자신을 소개하는 말에 나는 그가 여간 노골노골하지 않겠다는 느낌을 받았다. 그야말로 "물 설고 산 설은" 서울로 갓난아이를 들쳐업고 상경을 하기까지는 큰 용기가 필요했을 것이고 나는 그것이 매우 가상하게 느껴졌다. 그의 상경을 보다 수월하게

했던 것은 포철 계열회사 근무라는 보장이 있었을 테지만 황규
관은 몇 년 안 가서 자의로 그 직장을 그만두고 한동안 실업에
시달리다 도시철도공사에 입사를 했다. 그리고 또 도시철도공
사마저 팽개치고 강화도로 이주를 한 것이다.

지금껏 고향도 없이 살았다
어머니는 전쟁 전 李아무개 수양딸로 간 뒤
친부모 양부모 소식 다 끊긴 채 사시다
나를 서자로 낳고 버림받았다
가는 곳마다
내 피에 섞인 이물질이 얼마나 서러웠던가
따뜻한 밥 한그릇 먹고 마당에 나가
창공의 별에게 정들었더라면,
정말 그랬더라면
나는 이파리 많은 나무가 되었을지 모른다
지나가는 바람에 온잎이 출렁이는 나무가
그러나 내가 가진 것은
세상 밖으로 나가고 싶은 욕망뿐이었다
그 욕망 따라 여기까지 왔다
굴욕의 길이었다 비애의 길이었다
대지로 돌아가자
서울 온지 육 년만에 귀거래를 생각하며
없는 고향이, 나와 어머니를 버린 아버지가
새울음 소리에 그 많은 잎을 뒤척이는 나무 한그루를
내 안에 심어놓았음을 알았다

고향도 없이 여지껏 떠돌았는데

물 설고 산 설은 곳으로 떠날 생각을 하며

나는 혼자 울고 있는데

―「귀거래를 생각하며」 전문

황규관은 또 노동자문학회 활동에서도 몇 번의 굴곡을 보여
주었다. 그가 문학회에 들어온 해에 보기 좋게 전태일문학상을
수상해서 문학회 회원들의 선망과 질시를 함께 받게 되었는데
그가 자신의 첫 시집 『철산동 우체국』(내일을 여는 책, 1998)을
묶으면서 전태일문학상 수상작들을, 그러니까 자신의 등단작들
을 고스란히 제외시켜 놓았다. 또 문학회 활동 중간에 노동자
문학회가 마음에 들지 않는 점을 조목조목 따진 후 자신이 그
러한 공간에서 더 이상 문학회 활동을 할 수 없음을 설명하며
탈퇴했다가 다시 재가입을 하기도 했다. 이러한 좌충우돌형의
행태는 무엇 때문이고 어디서 비롯되는 것일까.

자신의 등단작인 노동 현장에서 건져낸 시들을 버림으로써
'나는 노동자시인이 아니다'라고 자신의 정체를 부정하는 것이
나, IMF로 불려지는 초유의 실업사태 속에서 안정적인 직장을
팽개치고 농사를 짓겠다고 농촌으로 들어가는 황규관은 상식적
인 수준에서는 도저히 이해가 가지 않는 이력의 소유자이다.

상대적으로 보장된 대기업노동자들의 특성 가운데 하나로
그 속에서 생활적 안정을 찾으려고 하는 데 비추어보면 황규관
의 그러한 잦은 전직 및 이주는, 역마살이 낀 모양이구만, 이라

는 단순한 역술적 풀이로 넘어갈 수도 있다. 그러나 오늘날의 노동자들의 처지를 생각해보면 그것이 황규관만의 특별한 경우가 아니라는 것을 금방 알 수가 있다. 자본의 위기의 현재적 표현인 신자유주의의 노동유연화 전략은 오늘날의 노동자들에게 어떠한 안정된 삶도 허락하지 않는다. 바로 이 자본의 위기 속에서 살아가는 존재가 오늘날의 노동자들인 것이다. 자본은 인간을 공장으로 몰아넣었지만 이제는 밖으로 내팽개치고 있다. 노동자들은 유리의 길 위에 서 있는 것이다.

프롤레타리아 권력의 창출을 자본주의 극복의 대안으로 설정해 온 노동자의 자존심이, 프롤레타리아 독재를 지향했던 사회주의 국가들의 몰락과 함께 심한 상처를 받으면서, 또 자신의 삶이 위기 속에 놓여 있음을 최근 실감나게 감지하며 노동자의 가치에 대한 인식은 크게 흔들리게 되었다. 이러한 현실 속에서 살아가는 노동자의 삶이 뭐가 아름답고 자랑스럽냐는 부정 인식의 지평 위에 황규관의 문제제기와 전복적 삶이 있는 것은 아닐까 생각되는 것이다. 그리고 그 부정은 감시와 억압과 착취에 짓눌려 있는 불안하기만 한 삶을 거부하고 자신만의 고유한 삶을 개척해보겠다는 강렬한 의지를 낳게 하였다고 볼 수가 있다. 그의 지난 시절의 삶의 궤적은 만족스럽지 못한 삶을 강제하는 세계를 뚫고 나가는 탈주 지도인지도 모른다. 그런 전복적 삶 속에서 시도되는 그의 시쓰기는 여타의 노동자시인들과는 다른 독특한 전형을 보여주고 있다고 할 수 있다.

2

  황규관의 이번 시집의 시들은 크게 두 가지 계열군으로, 물론 더 세분된 분석이 불가능한 것은 아니지만, 나뉘어진다고 볼 수 있겠다. 제1, 2부의 「귀거래를 생각하며」라는 시를 가운데 두고 대지에 맨발을 딛고서 자연 물상의 세심한 관찰과 사유를 통해 얻는 성찰을 다루는 시들로 주변을 이루는 한 계열과 후반부의 금지와의 싸움, 또는 그 해체를 통해서 삶의 영역을 확장해나가는 발상에 뿌리를 둔 시들로 구분해 보는 것이다. 전자를 농촌 서정이라고 한다면 후자를 도시적 정서라고 할 수 있겠는데 도시적 정서는 농촌 서정을 압도하고 있다고 보여진다. 아마 그의 농촌 체험이 아직 깊지 않은 탓도 있을 것이다. 자신이 거둔 씨앗으로 농사를 지어 수확을 해본 사람만이 진짜 농사꾼이라는 말이 있는데 그는 이제 겨우 남에게 얻은 씨를 뿌려보는 경험에 머물러 있다는 생각에서다. 나는 후반부의 시들에서 즐거운 시읽기를 맛보았다.

    애가 둘인데
    나는 아직 길을 모른다.

    어두워져
    세상에 내뿜는 집집의 불빛을 보면
    여지껏 바깥이구나,

마음이 쩌-억 금간다.

죄짓고 참회하고 죄짓고 참회하고
여기까지 왔다
지은 죄가 긍정되는 삶을
한 번 살아보고 싶은데,

어제 지은 죄로
봄볕마저 내게는 채찍이다.

아무래도 길은
죄 안에 있는 것 같다.

—「죄 안에 길이 있다」 전문

죄는 금지의 설정 속에서 발생하고, 금지의 위반에는 참회 혹은 처벌이라는 죄과가 부과하며 세계는 수많은 금지를 통해서 관리되고 있다. 본래 금지는 세계의 조화로운 질서 유지에 기여하는 것을 목적으로 합의되어 설정되었을 것이지만 합의 주체들의 힘의 역학관계에 따라 일방적 규제와 억압으로 나타나는 현실 속에서 우리는 살고 있다. 금지의 경계를 넘어서지 않고 살아갈 때 그 삶이 긍정되지 않는다면 금지의 위반을 통해서 제대로 된 삶의 길을 모색해볼 수도 있다. 그리고 그러한 발상은 범상한 것에 불과하다. 이미 그것은 삶의 경험 속에 충분히 축적되어 있다. 그런데 이 시에서의 문제의식은, 제대로

된 길을 가려다보면 그것은 이미 금지의 경계를 넘게 되어 끊임없이 참회가 있어야 하는, 즉 죄의식의 시달림이 있다는 것이다. 그것은 금지를 통해서 자신의 이해를 도모하고자 하는 자들의 지속적이고 강제적인 교육의 효과이다. 우리는 제대로 사는 길이 어디 있는지 몰라서 가지 못하는 것이 아니라 잘 알지만 그 길은 죄의 길이기 일쑤이고 죄의 길을 가는 것은 위험하다고 생각하는 안일함과 패배주의 때문에 가지 못하는지도 모른다. 이러한 우리의 삶의 이중적 단면을 황규관은 분명하게 짚어내며 질타하고 있기도 하다.

> 한 세상 다 버리고
> 겨울바람에 제 몸을 우지끈 꺾어버렸던 나무처럼
> 자해 한번 없이,
> 아니 그 직전 자기 모멸도 없이 살아서
> 붉은 영혼에 시커먼 활자가 박혀서
> 아직껏 폭발하지 못하는 것이다
>
> ―「소름끼치는 책」 부분

금지와의 싸움, 혹은 그 해체와 재구성을 통한 삶의 공간화를 외부 세계의 질서에 대한 관념적 비판의식만이 아니라 이러한 치열한 자아에의 내시를 곁들여 구체화하고 있다. 그리고 그것은 세밀한 관찰 묘사, 자기 성찰, 풍자 등으로 매우 다양하게 변주되면서 첫 시집에서 보여준 반복적인 단순함을 극복해

내고 있다. 「공중화장실에서의 단상」에서는 화장실의 낙서 같
은 세상이 왔으면 하고 바라는데 그 세상은 "주름잡은 바지가
다 구겨지는 세상"으로 재치 있게 비유되고, 「하루 종일 빈둥
거리다」에서는 잠시도 머뭇거려서는 곤란한 무한 속도경쟁의
시대에 아무런 명분 없이 빈둥거림으로써 도대체 뭣 때문에 그
렇게 바쁘게만 살아야 하느냐고 딴지를 걸어보기도 한다. 또
「선데이 서울」에서는 욕망과 금지 사이의 현란한 스펙트럼을
자기 고백적 형식을 취함으로써 사변에 떨어지지 않고, 「허락
받지 못한 데서」에서는 따뜻한 시선이 흔히 빠지기 쉬운 감상
을 거뜬히 벗어나고 있기도 하다.

3

    황규관은 첫 시집 『철산동 우체국』을 세상에 내놓고 별로 문
단적 주목을 받지 못했다. 그러한 세상의 반응에 대하여 그는
약간 쓸쓸해하기도 했다. 그러나 불과 2년 반만에 새 시집을
다시 내놓음으로서 세상의 그러한 평가로부터 자유롭게 자신의
시세계를 구축해나가고 있다는 것을 유감없이 과시하고 있다.
황규관의 시들은 삶이 어떻게 억압으로부터 해방될 수 있고 아
름다워질 수 있을까 하는 점을 치열한 자기 성찰과 함께 금지
영역의 해체와 재구성을 통한 삶의 공간화라는 주제 속에서 펼
쳐 보여주고 있다. 그것은 타율적 삶에서 벗어나 자율적인 주
체성을 회복해나가려는 황규관의 삶의 태도와 일치되면서 진정

성을 획득해내고 있다.

물론 금지와의 싸움이라는 주제는 황규관만의 독특한 주제
는 아니다. 또 황규관은 이미 첫 시집에서 「간통 이후」라는 멋
진 시를 보여준 바도 있다. 그러나 그 대개의 시들은 금지를
위반하며 얻는 감각적 일탈적 해방감이 목표였다면 황규관의
이번 시집은, 특히 제3부에 배치된 시들은 일탈을 넘어 금지의
영역마저 삶의 공간으로 확장하려는 적극적인 시도를 보여준다
는 점에서 차별성을 갖는다.

황규관의 시들을 앞에서 편의상 두 계열군으로 구분해보았
지만 소위 어디로 튈지 모른다는 다방향성을 가지고 있기도 하
다. 그것은 아직 전일한 주제의식을 획득하지 못했다는 이야기
가 될 수도 있겠지만 혼돈 속의 다양한 가능성을 내재하고 있
다는 말로도 설명될 수 있을 것이다. 후자의 한 가능성에 기초
하여 그의 시들이 노동자문학의 새로운 지평을 여는 지점에 놓
일 수 있다는 생각을 해본다. 이 말이 곧 황규관의 시를 단순
히 노동시라고 규정하는 것은 아니다. 문자로 드러나지 않은
시의 여백과 배면에서 오늘날 노동자로 살아가는 고단함과 치
열한 자기 확장의 노력이 담겨 있다는 것을 말하고 싶은 것이
다.

후 기

첫 시집에서 나는 '삶은 규정할 수 없는 몸부림'이라고 말한 적이 있었다.

지금도 그 생각에는 변함이 없다. 규정한다는 것은 어떤 틀을 씌운다는 말과 같은데 세상은 그 틀 밖으로 삐져나오는 부분을 용납하지 않는다. 그러나 틀 안에 갇힌 삶이 더 이상 삶일 수 있겠는가. 나는 그렇게 생각하지 않는다. 어쩌면 시는 그 틀을 부수거나 최소한 넓히는 것이라고 생각한다. 그 외형이 주술이든 저항하는 목소리든. 아니면 몽상적인 읊조림이든. 그러나 그 틀을 부수는 일에 정면대결을 꺼린 것이 지금까지의 솔직한 내 모습이다. 굳이 변명하자면 정면대결의 와중에서 발생될 과장과 허위의 몸짓이 두려워서였다. 그래서 먼저 그 과장과 허위의 뿌리를 캐보자고 달려들었지만, 그 일을 제대로 했는지에 대해서는 자신이 없다.

어쨌든 여기에 실린 시들은 이러한 고민의 부산물이다. 첫 시집이 묶인 지가 얼마 되지 않았는데 벌써 두 번째다. 순전히 내 삶의 필요에 의해서다. 이런 일이 다 내 업으로 쌓이는 일이라는 것쯤은 나도 이제 알 나이가 되었다. 알고 행할 수 있는 경지이면 삶이 이렇게 괴롭지는 않을 터인데, 나는 아직 더 괴로워야 할 사바세계의 중생일 뿐이므로 이 또 하나의 업도 용서받을 수 있으리라 자위해본다.

그럼에도 삶이 나를 더 이상 채근하지 말았으면 좋겠다.

그간 시를 쓰면서 내 재능에 대한 절망과 언어가 삶의 '날것'을 제대로 담아낼 수 있을까 하는 회의 탓에 그만 둘까 하는 생각도 여러 번 했다. 지금도 마찬가지다. 아마 한동안 이 짐을 내려놓지 못할 것 같지만, 어쩌겠는가, 가는 데까지 가봐야 하지 않겠는가. 아직 삿된 내 영혼에게 제 형상을 드러내 준 우주 만물이 적지 않다. 엎드려서 절 드린다.

이 엉성한 시집을 내 삶과 아픔의 근원이신, 올 가을에 이순(耳順)을 맞으시는 어머니께 바친다.

2000년 늦여름
강화 진강산 기슭에서
황규관

갈무리 신서

소련의 스딸린주의 체제가 한창 위세를 떨치던 1930년대. 혁명적 마르크스주의의 입장에서 통계수치와 신문기사 등 구체적인 자료를 바탕으로 소련 사회와 스딸린주의 정치 체제의 성격을 파헤치고 그 미래를 전망한 뜨로츠키의 대표적 정치분석서.

13. 들뢰즈의 철학사상

마이클 하트 지음 / 이성민 · 서창현 옮김

들뢰즈 철학사상의 발전을 분석한 철학개론서이자 현대 프랑스 철학과 포스트구조주의 사상을 이해하는 데 커다란 도움을 줄 수 있는 입문서.

14. 포스트모더니즘 이후의 정치와 문화

마이클 라이언 지음 / 나병철 · 이경훈 옮김

마르크스주의와 해체론의 연계문제를 다양한 현대사상의 문맥에서 보다 확장시키는 한편, 실제의 정치와 문화에 구체적으로 적용시키는 철학적 문화 분석서.

15. 디오니소스의 노동 · I

안토니오 네그리 · 마이클 하트 지음 / 이원영 옮김

'시간에 의한 사물들의 형성'이자 '살아있는 형식부여적 불'로서의 '디오니소스의 노동', 즉 '기쁨의 실천'을 서술한 책.

16. 디오니소스의 노동 · II

안토니오 네그리 · 마이클 하트 지음 / 이원영 옮김

이탈리아 아우토노미아운동의 지도적 이론가였으며 현재 파리 제8대학 교수로『전미래』지를 주도하고 있는 안토니오 네그리와 그의 제자이자 가장 긴밀한 협력자이면서 듀크대학 교수인 마이클 하트가 공동집필한 정치철학서.

17. 이딸리아 자율주의 정치철학 · 1

쎄르지오 볼로냐 · 안또니오 네그리 외 지음 / 이원영 편역

이딸리아 아우또노미아 운동의 이론적 표현물 중의 하나인 자율주의 정치철학이 형성된 역사적 배경과 마르크스주의 전통 속에서 자율주의 철학의 독특성과 1980년대 이후 1990년대 중반에 이르기까지 그것이 거두어 온 발전적 성과를 집약한 책.

19. 사빠띠스따

해리 클리버 지음 / 이원영 · 서창현 옮김

미국의 대표적인 자율주의적 마르크스주의자이며 사빠띠스따 행동위원회의 활동적 일원인 해리 클리버 교수(미국 텍사스대학 정치경제학 교수)의 진지하면서도 읽기 쉬운 정치논문 모음집.

20. 신자유주의와 화폐의 정치

워너 본펠드 · 존 홀러웨이 편저 / 이원영 옮김

사회관계의 한 형식으로서의, 계급투쟁의 한 형식으로서의 화폐에 대한 탐구, 이 책 전체에 중심적인 것은, 화폐적 불안정성의 이면은 노동의 불복종적 권력이라는 것을 이해하는 것이다.

21. 정보시대의 노동전략 : 슘페터 추종자의 자본전략을 넘어서

이상락 지음

슘페터 추종자들의 자본주의 발전 전략을 정치적으로 해석함으로써 자본의 전략을 좀더 밀도있게 노동의 관점에서 분석하고 또 이로부터 자본주의 체제를 넘어서려는 새로운 노동 전략을 추출해 낸다.

22. 미래로 돌아가다

안또니오 네그리 · 펠릭스 가따리 지음 / 조정환 편역

1968년 이후 등장한 새로운 집단적 주체와 전복적 정치 그리고 연합의 새로운 노선을 제시한 철학 · 정치학입문서.